Le Petit Bègue

16ᵉ Série

Tout à coup il s'enfonce... (Page 25.)

Bibliothèque des Petits Enfants

Librairie Gedalge

Mme DESBORDES-VALMORE

Le Petit Bègue

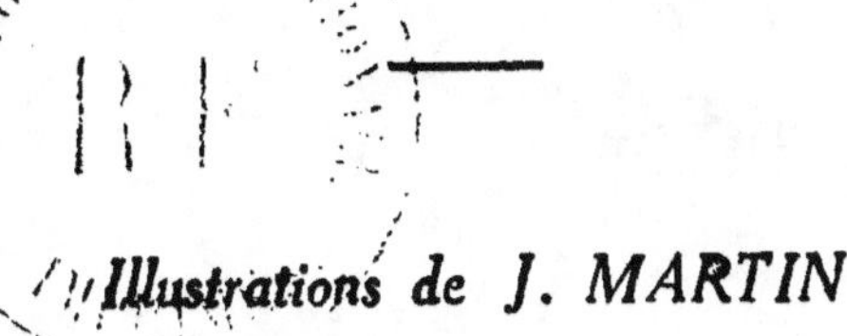

Illustrations de J. MARTIN

PARIS

LIBRAIRIE GEDALGE

75, RUE DES SAINTS-PÈRES, 75

Le Petit Bègue

I

L'ÉCOLE

AH ! qu'une école laisse de souvenirs aux enfants qui s'y sont agités pour devenir des hommes! aux mères qui sont allées presser leurs cœurs contre ces portes fermées entre elles et leurs enfants! Chers objets de nos amours pleins de sacrifices, chères abeilles de ces ruches où vous allez préparer le miel de votre vie, pourquoi n'y portez-vous pas les grâces innocentes du foyer, la douceur paisible de vos premiers jeux? pourquoi les aiguillons qui poussent à vos lèvres servent-ils souvent à piquer vos camarades, qui ont pleuré comme vous de cette première offrande faite à l'ordre social qui veut des hommes graves, des savants, des penseurs !... Une larme de votre mère vous en dira plus que moi, elle vous rappellera l'indulgence divine dont elle a enveloppé vos premiers cris, et vous en aurez pour tout le monde. Moi, je n'ai qu'à vous raconter l'histoire du pauvre René.

René, mal vêtu, mal tourné, gauche et ici timide comme la misère honnête, entra, par je ne sais quelle protection, dans un grand pensionnat de Châlons.

Encore rouge et pâle de pleurs d'avoir quitté sa mère, le cœur gonflé d'une inexprimable tristesse, il regardait tout avec des yeux stupides, ne répondait rien aux questions bruyantes dont l'accablait l'école, et devenait sourd du bourdonnement de ces voix confuses. La voix, l'adieu de sa mère, retirait toute son intelligence à son cœur. Il resta immobile, le sourcil froncé, les yeux à demi fermés, au grand divertissement des habitués, qui l'isolèrent au milieu d'un rond qu'ils formèrent en se

... mal vêtu, mal tourné, gauche et ici timide
comme la misère honnête. (Page 6.)

tenant par la main, tournant autour de lui avec une vélocité d'écoliers, et criant à lui briser le tympan :

— Honneur au discours de réception !

— Prix d'éloquence au camarade !

— Dans quelle langue dit-il bonjour ?

A tout cela, René n'ouvrit pas la bouche.

Ils finirent par s'impatienter d'insulter *cette bûche*, et coururent à la picorée d'autres jeux pour remplir l'heure si belle, si furtive de la récréation.

Le soir, las d'une séance où il n'avait rien compris, d'une route à pied, et de son cœur gonflé de larmes, René s'endormit d'un sommeil si lourd, si léthargique, sur un banc du réfectoire, qu'il ne sentit pas les mille piqûres dont il était l'immobile objet, comme le mannequin d'un monstre qui servait à l'éducation attaquante des dogues que les chevaliers du moyen âge dressaient contre lui.

Le bon René, dont la douleur n'était pas belle sous son accoutrement peu moderne, d'une coupe grossière et donnant à ses neuf ans le poids d'un Savoyard de

quarante, fut pris en goût par vingt écoliers qui ne dormaient pas, pour leur faire
éclore cent traits d'esprit qu'ils jugeaient
très brillants et très fins ! L'un trouvait
charmant de lui chatouiller les lèvres avec
une plume, ce qui lui faisait faire
d'étranges grimaces sans s'éveiller; mais
cette convulsion souffrante d'un être dont
on tourmente la fatigue se révélait sur son
jeune visage avec je ne sais quel charme
comique dont les tourmenteurs étaient
aux anges. Quand le rire étouffé s'éteignait
une seconde pour reprendre haleine, un de
ces messieurs venait poser adroitement sur
le nez sans défense du dormeur un long
cornet de papier terminé en trompette, et
les applaudissements n'osaient éclater, de
peur, disaient-ils, de réveiller *la bête*.

Ils avaient coiffé René des plus risibles
bonnets, on venait de l'étendre tout de son
long par terre, pour jouer *au mort* sans
qu'il eût donné d'autre signe de vie que ces
contractions nerveuses des yeux et des
lèvres qui les faisaient mourir de rire,
quand un plus hardi, voulant réchauffer

la scène, dit à son voisin : « Tiens-le !
tiens-le ! » et vint porter jusque sous ses
narines entr'ouvertes la flamme épaisse
d'une lampe qu'il détacha du mur.

René ne poussa qu'un rugissement
sourd, comme un jeune lion qui n'a pas
encore combattu, mais dont on provoque
imprudemment la force. Il se soulève à
demi, les yeux encore baignés de sommeil
et de ses derniers pleurs, saisit par les
jambes les deux assaillants effrayés, les
roule avec lui, sous lui, les crible de coups
de poing, de coups de pied, qui tombent si
heureusement à leur adresse, qu'on n'en-
tend plus rire, mais crier :

— Aïe ! tu me casses la tête !

— Tu m'étrangles ! A moi, Jules !
Achille, à moi ! Au secours, monsieur le
recteur !

Le recteur accourt en effet, au milieu
de ce combat nocturne dont les témoins
cherchent à se sauver, en criant : « Ce
n'est pas moi ! » et dont le vainqueur,
toujours endormi, tape comme un déses-
péré sur le cauchemar dont il ne devine

seulement pas la forme. Il continue néanmoins de rugir et de se battre instinctivement avec tant de vigueur et de courage, qu'il les eût étranglés, peut-être, dans une entière innocence, comme Hercule au berceau mit à mort les serpents qui venaient s'attaquer à son sommeil.

Plus personne, ni cette nuit, ni jamais, n'eut dans le dortoir la fantaisie d'aller passer une plume ou du feu dans les naseaux de *la bête*, bien que René ne se fût pas réveillé une seconde dans l'orgueil de la victoire. Il n'en eut pas même le souvenir, en se retrouvant le lendemain dans un lit qu'il ne connaissait pas encore, qui n'était plus près de celui de sa mère, et où on l'avait roulé tout d'une pièce, après qu'on fut parvenu à détacher ses bras nerveux incrustés au corps des faiseurs de malices.

Il ne sentit qu'une lassitude vague, dont la cause lui resta inconnue. Ceux qui s'en souvenaient le plus avaient, outre cette lassitude, plusieurs bosses, plusieurs empreintes d'ongles incultes et de souliers ferrés, dont ils souffrirent beaucoup, mais dont ils ne demandèrent pas raison au réveil paisible de René.

On ne savait encore de quelle couleur étaient ses paroles, quand il fut interpellé solennellement par le recteur. Au nom de René Beaumal, vous devinez que ce fut comme une seule tête qui se leva de dessus vingt livres posés ouverts sur les tables. Un fil d'électricité n'eût pas tourné plus rapidement quarante yeux ardents vers celui qu'on nommait, à leur grande joie, René !

— Levez-vous donc, René, s'écria le recteur.

— Il se lèvera !

— Il ne se lèvera pas !... murmurèrent les écoliers, sans avoir l'air d'y toucher.

— Silence, là-bas ! lança le recteur d'une voix qui fit retomber tous les yeux sur les livres qui leur servaient de maintien.

Alors René fut interrogé sur ce qu'il ne savait pas encore. Sa bouche s'ouvrit au moins cinq fois, sans laisser échapper autre chose que l'air qui remplissait sa poitrine oppressée.

— Il parlera !

— Il ne parlera pas !

— Il parlera !

— Il ne parlera pas ! dirent les impitoyables dans un bourdonnement qui laissait une chance à la négation.

— Si vous ne voulez pas me parler, René, insista le recteur, qui n'avait pas de temps à perdre, vous serez mis à la porte. Savez-vous votre leçon ?

— Ma le... le... leçon ?

— Eh bien oui, quoi ! elle n'est pas bien longue, je crois !

— Elle... elle... elle...

— Ah ! mon Dieu ! qu'est-ce qu'il a donc mangé ? hasarda un malin sous son livre.

Et de rire !

Quand le silence fut rétabli, et l'effroi de René plus glaçant que jamais, il voulut en finir avec son sort, car il croyait toucher au dernier moment de sa vie. Il poussa au dehors ce qu'il crut être son âme, et bégaya :

— On m'a... m'a... m'a...

O joie d'école ! ô découverte pleine d'avenir et de moqueries !

René était bègue ! c'était à l'adorer, c'était à frémir d'espérance à chaque parole qui allait prendre une forme inattendue sous cette langue esclave. Les deux blessés furent guéris par la joie que leur causa l'humiliation du jeune infirme, et ils ne cachèrent plus leurs contusions.

Que faut-il vous dire de tout ce que souffrit l'humble et patiente créature, servant de risée à cette petite populace fanfaronne ? C'est à ne pas rendre, c'est à souffrir de se le rappeler, c'est à haïr, si l'on pouvait haïr, ceux qui amassèrent sur lui plus de maux que l'infortune et la nature, un moment distraite en le formant, n'en avaient laissé choir sur l'inoffensif et pauvre garçon ! C'était peu d'être bègue, d'être lent à démêler sa pensée sous les nuages que la raillerie amoncelait autour de sa tête humiliée, il devint presque muet; car il avait tant de crainte de faire rire en parlant, qu'il ne parlait plus.

Les mots les plus brefs lui causaient des peines infinies à sortir de ses lèvres; elles tremblaient, s'agitaient à vide, et l'effort inutile produisait une contorsion pénible qui ravissait les lâches oppresseurs de René.

Une douleur vive, qu'ils se plaisaient à lui faire sentir tous les matins, sans qu'il osât s'en plaindre, c'était de l'éveiller en sursaut, lui qui avait le sommeil le plus complet de son âge, ce sommeil de marmotte dans lequel toute la vie extérieure est suspendue et cachée, où pas un cheveu ne bouge, et que les mères ont tant peur de troubler ! C'était la joie des lutins rassemblés autour de ce pauvre enfant immobile. Ils poussaient tout à coup une clameur si furieuse dans l'oreille du dormeur, qu'il bondissait hors de son lit, tandis que les écoliers, sans paraître s'occuper de lui, filaient en chantonnant de côté et d'autre. C'était du beau, n'est-il pas vrai ! c'était de quoi les rendre bien fiers ! je vous laisse y penser.

René s'habillait, triste et comme ivre

de cette fanfare qui le rendait au mouvement avec une violence propre à lui troubler la raison. Pauvre René ! ce n'était plus ce réveil entr'ouvert par une voix douce, qui coulait d'abord à son âme. Il n'y avait plus de main caressante qui passât sur son front pour en écarter le sommeil. Il n'entendait plus cette femme absente lui souffler patiemment : « Allons, René ! allons, mon garçon ! c'est le jour ! » et le prendre, et rire tout bas et l'habiller à demi, et répéter : « Allons ! » jusqu'à ce qu'il rît à son tour, en ouvrant ses yeux sur les regards doux et pleins de pitié de cette femme, dont la bonté l'avait rendu bon jusqu'au cœur !

II

LES PETITS NAGEURS

ON arriva ainsi jusqu'en juillet 1830. L'extrême chaleur ralentissait parfois le courage des écoliers. René savait lire et causait souvent tout bas avec ses livres, ses bons amis, qui ne lui disaient pas d'injures. Il savait écrire, et c'était la seule manière de parler sans bégayer. On trouvait sur toutes ses pages :

— *Bonjour, ma mère, comment vous portez-vous ?*

— *J'aime mon père et ma mère.*

— *Je voudrais bien aller voir ma mère !*

— *Quand je serai grand, je soignerai ma mère et je la laisserai dormir !*

Elle dormira, si elle veut, jusqu'à huit heures.

— Oh ! je voudrais qu'il ne fît jour qu'à huit heures !

Sa parole écrite était correcte et vraie; son écriture presque élégante. Les mots : *Ma mère !* étaient surtout ornés de traits tout à fait jolis; c'était comme une manière de couronne qu'il avait un sérieux plaisir à composer autour. Il se croyait heureux aussi quand on le laissait là, quand il marchait vite, seul et libre, le nez au vent, jetant ses bras devant lui, sur sa tête, en tous sens, comme un être fort qui veut grandir. Personne dans l'école ne le haïssait, il ne troublait personne; il était même aimé comme une espèce de joujou solide sur lequel on se jetait quand les autres étaient cassés.

On l'appelait souvent *bègue-bête,* pour rire, et plus souvent *bonne-bête.* Quelques ricaneurs peut-être avaient rencontré ses yeux : c'étaient de ces yeux qui lancent une pensée toute chaude, toute claire; son regard ne bégayait pas plus que son âme;

vous allez voir ! car je l'aime, moi, ce petit René; je veux vous le raconter des pieds à la tête.

Ce jour-là, en juillet, un jour tout de feu et de vacance, on alla se baigner. Toute l'école avait soif d'eau, de cette belle eau dont le bruit rafraîchit l'oreille, dont le courant plein de perles blanches semble entrer par les yeux dans l'imagination altérée de ceux qui la regardent.

Dernier venu dans l'école, à l'époque de l'année où les bains de rivière sont clos jusqu'à l'autre été, René ne savait pas nager.

— René, lui dit-on, vous veillerez sur les habits et vous regarderez comment font les autres pour vous déniaiser un peu. Le maître de natation commencera bientôt à vous faire vaincre votre frayeur de l'eau !

René avait répondu oui, par un signe de tête; car il avait toujours l'épouvante de dire : Ou... ou... oui ! c'était plus fort que lui.

— Messieurs, vous m'attendrez ! dit le sous-maître, qui avait oublié je ne sais quoi et qui les laissa aller en avant. Que

...Vous m'attendrez! dit le sous-maître...
(Page 20.)

pas un ne se déshabille avant mon retour !
Je connais la rivière; il y a une petite barre
dangereuse. Restez tous tranquilles, sur
votre parole d'honneur !

— Parole d'honneur ! parole d'honneur ! répondirent en s'égosillant les écoliers, qui ne demandent jamais mieux que
de lancer une exclamation dans l'air. Mais
on n'a que trop de raison d'écrire : Autant en emporte le vent. Il faudrait qu'on
réfléchît longtemps avant de dire : *Parole
d'honneur !* pour une chose à venir.

Achille pouvait conduire ce bataillon
civil, car Achille avait treize ans. C'était un
grand garçon aussi droit qu'une flèche,
blond, joli, prompt comme un épervier.
Quand il voulait un plaisir, sur l'eau, sous
l'eau, n'importe; il s'élançait au but, la
tête la première; chacun de ses mouvements avait l'air de crier : « Gare que je
passe ! » Il n'avait pas dit tout à fait :
Parole d'honneur! comme les autres,
mais seulement *eur ! eur ! eur !* ce qui
n'engage à rien du tout, ce qui n'est qu'un
cri comme un autre.

Voilà donc ce héros des rivières poussé par l'orgueil de l'indépendance, attiré par le bruit frais du large bain qui les attendait tous, le voilà, en deux secondes, sans habit, sans bas, sans chemise, dans l'eau ! Vous jugez de l'étonnement des autres, qui regardaient, la bouche béante, le plongeur hardi si pressé de déployer ses habiles manœuvres que toute prudence l'abandonna. Il but, il tourna, il eut peur et disparut devant l'indicible terreur de ses camarades, qui poussèrent des plaintes vers le ciel, sans pouvoir détacher leurs pieds du sol où ils semblaient attachés par des racines.

René fit trois pas en arrière, et d'une voix hurlante de douleur, cria pour avertir le sous-maître, dont les cheveux se dressèrent d'effroi :

— Se... cours ? se... cours ?

Puis, jetant son habit à la tête des écoliers tremblants, qu'il bouscula dans un trouble intelligent, il bondit juste à la place où avait coulé son camarade. Sa lourde chute les couvrit d'eau et leur fit froid.

— Il ne sait pas nager ! disaient les enfants pâles, en se tordant les mains et s'embrassant à demi morts...

Deux petits étaient tombés à genoux pour ne pas voir, et sanglotaient. Le sous-maître, suffoqué de poussière, accourait aussi vite que ses forces le lui permettaient, mais que c'était lent devant la mort qui va si vite ! si vite qu'Achille, étouffé par la suffocation de l'eau et de la peur, ne pouvait plus seconder René, qui, le tenant par les cheveux d'une main infatigable, nageait des pieds et de l'autre main avec l'instinct sublime du chien qu'on jette à l'eau pour la première fois. Ses yeux ardents, ses mouvements souples et rapides, l'inébranlable idée de sauver son fardeau en le poussant vers le bord, le soutinrent longtemps. Tout à coup il s'enfonce... un silence d'horreur répond seul au précepteur haletant qui atteignait cette scène de désolation.

— Où sont-ils ? dit le pauvre maître, dont les dents claquent d'impatience, et qui se déshabille en les interrogeant.

— Là ! montrent les enfants, où tout s'était englouti.

Mais ce n'était pas là !

René, comme attiré vers le bord par une puissance supérieure, y paraît à l'instant, traînant avec lui sa proie évanouie, sans qu'il semble trop surpris de ce prodige, il eût fallu lui couper le bras pour l'en séparer; car ses doigts s'étaient si prodigieusement serrés en saisissant les cheveux d'Achille, que sa main saignait, déchirée de ses propres ongles.

Les acclamations qui le reçurent l'effrayèrent d'abord, et il se remit à crier: *Secours ! secours !* pensant que le pauvre Achille n'était pas entièrement sauvé. Mais il était sauvé ! Ivre et faible encore, étendu sur le gravier que le soleil rendait brûlant, il regardait René, nu comme lui, René, que des souvenirs confus, des fils noués entre eux pour l'avenir tout entier, lui faisaient chercher, contempler comme son sauveur. Bénédiction ! il revenait à la vie par la reconnaissance. Leurs yeux ne pouvaient se détacher l'un de l'autre.

... je te proclame une digne créature ! (Page 30.)

— Oh ! comment t'es-tu jeté ainsi sans savoir nager ? lui demande-t-on en l'accablant de caresses et de questions.

— Je ne l'ai pas senti, réplique René avec feu ; tout ce que je sais, c'est que j'étais sur les cailloux, et que tout d'un coup je me suis trouvé dans l'eau ; j'ai vu clair, j'ai vu jusqu'au fond, y suis descendu comme par un escalier glissant ; j'ai trouvé sa tête, j'ai dit : Bon !... à présent, il faut revenir. Et j'ai poussé devant nous. Le chemin s'ouvrait tout seul, je n'ai pas eu de peine ; seulement, j'ai cru une fois qu'il s'enfonçait sous moi, et j'ai coulé dessous pour voir. Alors avec deux bons coups de pied, si fort que je n'en respirais plus, j'ai tout jeté de ce côté, lui et moi : et le voilà !... termina-t-il avec un rire plein de larmes.

Il ne bégayait plus.

— Tu parles comme tu nages ! lui dit le précepteur transporté d'admiration, en lui secouant la main, tandis que les autres faisaient cercle pour écouter son récit plein de candeur.

— C'est pourtant vrai ! répliqua René en s'écoutant parler avec autant de surprise que de joie... J'ai dit tout ça couramment. Avez-vous bien entendu, tous ? ajouta-t-il pour s'assurer que ce n'était pas un rêve.

— Oui, mon bon petit garçon, dit le maître en le couvrant de caresses, oui ! aussi couramment que je te proclame une digne créature !

— Je parlerai donc comme un autre, à présent ? on ne se moquera plus de moi ?

— Non ! non ! vive René ! cria toute l'école en l'emportant dans ses bras.

— Oh ! quand ma mère va savoir que je ne suis plus bègue ! dit l'enfant. J'ai tant de choses à lui dire !

6227-4-28. — CORBEIL. IMPRIMERIE CRÉTÉ.

9 782329 653020